Juana Sin Miedo

PIZCA DE SAL

1.ª edición:marzo 2011

Dirección de la colección: Olga Escobar

© Del texto: Ana Alonso, 2011
© De las ilustraciones: Ester García, 2011
© De las fotografías de cubierta: Pérez de Tudela/Anaya
y Getty Images
© De las fotografías de las fichas: Archivo Anaya
(6x6 Producción Fotográfica; Cruz, M.; Pozo, M.; Rivera Jove,
V.; Rossi, J.; Ruiz, J.B.; Sanz, C.; Valls, R.; Zuazo, A.H.)
© Grupo Anaya, S. A., Madrid, 2011
Juan Ignacio Luca de Tena, 15. 28027 Madrid
www.anayainfantilyjuvenil.com
www.anayapizcadesal.com
e-mail: anayainfantilyjuvenil@anaya.es

Diseño de cubierta:
Miguel Ángel Pacheco y Javier Serrano

ISBN: 978-84-667-9507-4
Depósito legal: M. 4854/2011
Impreso en Anzos, S. L.
28942 Fuenlabrada (Madrid)
Impreso en España - Printed in Spain

Las normas ortográficas seguidas son las establecidas por la Real Academia
Española en la nueva *Ortografía de la lengua española,* publicada en 2010.

Ana Alonso

Juana Sin Miedo

Ilustraciones
de Ester García

En el reino de Nadir no existían los animales mamíferos. Había moscas, ranas, canarios, gorriones y hasta serpientes, pero no había ningún animal mamífero. Y esto era así por culpa de la caza.

Durante muchos años, los nobles de Nadir se habían dedicado a cazar mamíferos salvajes, desde leones hasta ciervos. Cazaron tantos que no dejaron ninguno.

Y entonces se dedicaron a cazar mamíferos domésticos: vacas, caballos, ovejas... Al final, tampoco quedó ninguno de aquellos animales.

Pasó el tiempo y la gente se fue olvidando de los mamíferos. A veces leían sus nombres en los libros antiguos y creían que se trataba de seres inventados, como los dragones y las sirenas. Se los imaginaban como unas criaturas terroríficas, y los mayores los usaban para asustar a los niños pequeños.

Por ejemplo, si un niño no quería irse a la cama, sus padres le decían: «¡A la cama, que viene el gato!».

Y, si se negaba a comerse la sopa, le decían: «¡Si no te comes la sopa, vendrá la oveja y te llevará!».

Por eso los niños tenían mucho miedo a los mamíferos, y creían que eran monstruos.

Pero Juana era diferente.
Ella no los temía. Había leído un
montón de cosas sobre ellos, y estaba
convencida de que existían de verdad.

—¡Estás chiflada, Juana! —se burlaba su hermano—. ¡Te crees todo lo que ponen esos viejos libros! ¡Cualquier día dirás que las estrellas son tan grandes como el sol, y que la luna no está hecha de queso, sino de rocas!

—Es que es verdad —contestaba Juana muy seria—: las estrellas son tan grandes como el sol, solo que están mucho más lejos y por eso se ven tan pequeñas. Y la luna no está hecha de queso, sino de rocas. Lo he leído hace poco.

—Sí, claro. Y también creerás en los perros y en los ratones. ¡A quién se le ocurre! Animales cubiertos de pelo... ¡Menuda tontería!

—Pues existen —insistía Juana—. Tienen pelo en todo su cuerpo, y dan de mamar a sus hijos, y no ponen huevos, sino que sus hijos crecen dentro de las madres hasta que nacen... ¡Lo he leído en los libros!

Al oírle decir esas cosas, los padres de Juana la miraban con lástima, y luego se miraban entre ellos como diciendo: «No hay nada que hacer. Nuestra hija es un caso perdido».

Juana, entonces, se ponía muy triste: «¿Y si todos tienen razón menos yo? —pensaba—. Y si todo lo que está escrito en esos viejos libros es mentira? ¡Ojalá hubiese una forma de averiguarlo!».

Hasta que un día, Juana oyó hablar del castillo encantado de Nadir.

—En el centro del reino se encuentra el Castillo Negro, donde, en otro tiempo, vivían los reyes y la Corte —les contó su maestra—. Pero un hada malvada se apoderó de él y lo convirtió en un lugar maldito.

—¿Y qué pasó con los reyes? —preguntó un compañero de Juana.

—Desde entonces —explicó la maestra—, nuestros reyes viven en caravanas y no tienen castillo. Además, las cosechas se estropean, los bosques se secan, y cada vez hay más gente enferma y desnutrida. Pensamos que es por culpa de la maldición, y que, si alguien consigue romperla, el reino recuperará su antiguo esplendor.

—¿Y qué hay que hacer para romperla? —preguntó Juana.

—Hay que pasar cuatro noches en el Castillo Negro —dijo la maestra—: una noche en la planta baja; la siguiente, en el primer piso; la tercera, en el segundo piso, y la cuarta, en el jardín. Según la leyenda, en el jardín hay un lago encantado. El que consiga sacar de él un pececillo de oro, romperá el hechizo.

Hasta ahora, muchos guerreros lo han
intentado, pero ninguno ha regresado con
vida. Dicen que el castillo está lleno de
monstruos que devoran a todos los que
entran en él. El rey ha ofrecido la mitad
de su reino a quien consiga romper
la maldición, pero ya nadie se atreve
a intentarlo. Es muy peligroso.

Ese día, Juana volvió a casa muy pensativa. Pasar cuatro noches en un castillo encantado...

Ella podía hacerlo, estaba segura. No tenía miedo de los fantasmas, ni de los monstruos, ni de los animales de las viejas leyendas. En cambio, tenía muchísima curiosidad. Quería ver cómo eran todos esos seres terroríficos que vivían en el Castillo Negro.

¿Y si alguno de ellos se parecía a los animales mamíferos en los que nadie creía?

Juana metió algo de ropa en una maleta pequeña y se fue a ver al rey, que estaba de acampada con su Corte muy cerca de allí.

—¿De modo que quieres intentar romper la maldición del Castillo Negro? —dijo el rey, mirándola de arriba abajo—. ¿Estás segura? Eres muy joven...

—No tengo miedo —contestó Juana—. Dejadme intentarlo, Majestad.

—Está bien —suspiró el rey—. Pero debes saber que ayer llegaron a la Corte tres guerreros que también quieren probar suerte en el castillo... Tendréis que entrar todos juntos, y ellos son mucho más fuertes que tú. Saben manejar todo tipo de armas... ¿De verdad crees que puedes competir con ellos?

Juana se encogió de hombros.

—Por lo menos, quiero intentarlo —dijo.

Al rey le gustó mucho la firmeza de Juana.

—¿Sabes qué? —le confesó—. Me encantaría que la ganadora fueses tú. Te propongo un trato: si ganas, además de darte la mitad del reino, te concederé la mano de mi hijo, el príncipe Jorge. ¿Aceptas?

Juana asintió con una alegre sonrisa. ¡Desde luego que aceptaba! Había visto muchos retratos del príncipe Jorge, y era guapísimo. Además, tenía fama de ser muy amable y encantador.

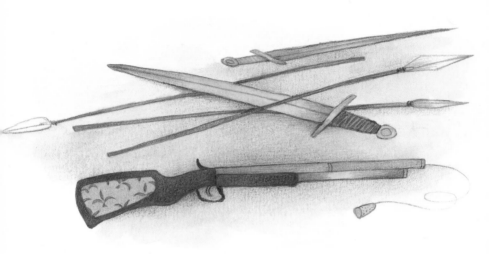

—Mañana mismo partirás hacia el castillo —decidió el rey—. Puedes llevarte solo tres cosas. Elige lo que quieras. Tus compañeros ya han elegido. Van a llevar armas: lanzas, espadas y escopetas... ¿Qué eliges tú?

Juana se quedó pensando un rato.

—Quiero una nevera portátil llena de pollos asados; otra, llena de pescado, y un equipo de música con todo tipo de discos grabados —dijo por fin.

Al rey le sorprendió mucho la elección de Juana, pero hizo que le entregaran todo lo que había pedido.

A la mañana siguiente, un coche de la Corte condujo a Juana hasta la puerta del castillo.

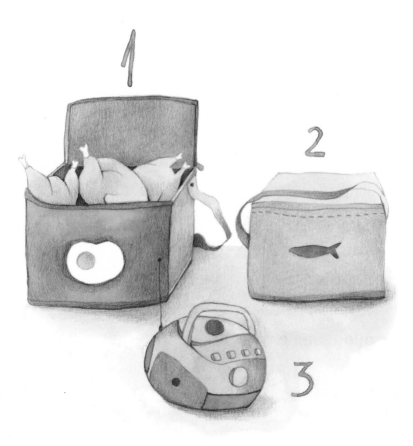

Allí se encontró con tres hombres armados que estaban esperando para entrar.

Cuando se enteraron de que Juana iba a acompañarlos, se pusieron furiosos.

—¿Pero qué es esto? ¿Una broma del rey? —vociferó uno—. Pues, si piensa que vamos a cuidar de ti, está listo.

—¡Bastante tenemos con los monstruos que hay ahí dentro para tener que estar preocupándonos de una niñita miedosa! —se burló otro.

—¡Y además, ni siquiera trae armas! —observó un tercero—. ¡Trae dos neveras portátiles! ¡Seguro que están llenas de helados y refrescos! ¿Pero tú qué te has creído, que esto es un picnic?

Juana, en lugar de responder, se puso a mirar el cielo y a tararear una canción.

No pensaba dejarse desanimar por aquellos presumidos. Que dijesen de ella lo que quisieran. Le daba igual.

Juana y los tres guerreros esperaron todo el día ante la puerta del castillo. Cuando se hizo de noche, la puerta se abrió sola. Los tres guerreros entraron con pasos temerosos. Juana los siguió.

Al principio estaba muy oscuro, pero poco a poco el lugar se fue iluminando con un débil resplandor verdoso.

Entonces, Juana pudo ver que se encontraba en una pradera, y que sobre la hierba había unos extraños animales que nunca había visto antes: varias vacas, un par de caballos, un rebaño de ovejas y una cerda amamantando a sus crías.

Delante de ella, los tres caballeros temblaban de miedo.

—¡Un monstruo de cuatro cabezas! —exclamó uno de ellos, señalando a la cerda y a los tres lechones que estaba alimentando.

Juana iba a explicarle que no era un animal de cuatro cabezas, sino una hembra de mamífero dando de comer a sus hijos, cuando el caballero apuntó a la cerda con una escopeta y disparó.

Afortunadamente, el tiro falló y la bala fue a estrellarse en un montón de paja. Pero el ruido del disparo asustó a los caballos, que echaron a correr enloquecidos, y derribaron y pisotearon al guerrero que acababa de disparar. Este, lleno de heridas y moretones, se levantó del suelo y no paró de correr hasta la puerta del castillo.

Juana ya no volvió a verlo más.

Mientras tanto, los otros dos guerreros, muertos de miedo, se escondieron detrás de unos arbustos, y allí se quedaron toda la noche.

Juana, en cambio, no tenía ningún miedo. Gracias a los libros que había leído, sabía que los seres que la rodeaban no eran monstruos, sino animales domésticos. Observó con interés a las ovejas, que no hacían más que masticar la hierba de la pradera como si fuera chicle, y a los cerdos, que jugaban alegres...

Cuando amaneció, la luz verdosa del lugar se volvió dorada. Entonces, los cerdos se metieron ellos solos en su pocilga, las ovejas en su redil, y las vacas en el establo.

Juana siguió a las vacas y vio una cosa muy curiosa: en el establo había un robot que las ordeñaba, sacando de su cuerpo un líquido muy blanco. Enseguida adivinó que aquello era leche.

«¡Así que todo era verdad! Los libros no mentían —se dijo—. ¡Los mamíferos existen, y yo los he visto! ¡Qué divertido es esto!».

Y, pensando en las vacas, Juana se quedó dormida.

Cuando se despertó, había vuelto a anochecer. Pero ya no estaba en una pradera, sino en un gran salón oscuro con unas escaleras al fondo. Los dos guerreros que no habían escapado la esperaban al pie de la escalera. Estaban pálidos y tenían ojeras moradas debajo de los ojos.

—Tenemos que subir al primer piso —dijo uno de ellos con voz débil—. Hay que pasar allí la segunda noche.

—Pues vamos —dijo Juana, empezando a subir los escalones.

Subieron y subieron hasta que por fin llegaron al primer piso. Al principio, estaba tan oscuro que no se veía nada, pero poco a poco fue brotando una luz rojiza.

Entonces Juana se dio cuenta de que este piso era una espesa selva con árboles muy altos y plantas trepadoras.

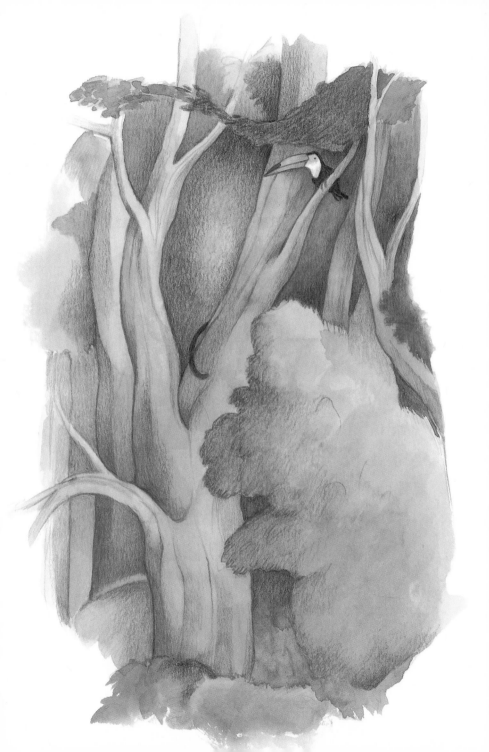

En medio de aquella vegetación se oían toda clase de sonidos amenazadores: chillidos, silbidos, golpes, pasos...

De pronto, un animal negro saltó al suelo desde un árbol. Se parecía a los gatos que Juana había visto dibujados en los cuentos, pero era mucho más grande, y tenía los ojos verdes.

«¡Una pantera! He leído algo sobre ellas... Sí, son carnívoras, y cazan muy bien. ¡Tengo que tener cuidado!». Mientras Juana pensaba esto, uno de los dos guerreros había sacado su espada y amenazaba con ella a la pantera. Las piernas le temblaban, pero no quería quedar como un cobarde delante de una niña.

—¡Ven aquí, monstruo del diablo! —gritó al animal—. ¡Sé que no existes de verdad, y que solo te veo en mi imaginación! Pero ahora verás; no te tengo miedo...

—Ay, madre —murmuró Juana—. ¡Como siga haciendo el tonto de esa manera, la pantera lo matará!

Justo cuando iba a avisarle, el guerrero se lanzó sobre la pantera para clavarle la espada.

Pero el animal era más rápido que el caballero y logró esquivarle. Luego, de un salto, se abalanzó sobre él, derribándolo.

Estaba a punto de morderle en el cuello, cuando Juana cogió uno de sus pollos asados y se lo tiró, diciéndole con suavidad:

—¡Cómete esto, bonita! Créeme, los guerreros saben mucho peor que los pollos asados, te lo aseguro...

La pantera miró a Juana, luego miró al pollo y luego volvió a mirar a Juana. Finalmente, soltó al guerrero y se puso a comerse el pollo tranquilamente.

El guerrero salió corriendo y se subió a un árbol, pero luego se lo pensó mejor, volvió a bajar y siguió corriendo hasta que Juana lo perdió de vista. El otro guerrero también se había escondido.

—¡Está claro que estos tipos no me van a hacer mucha compañía! —se dijo Juana con tristeza.

Justo entonces oyó unos chillidos en lo alto de los árboles. Miró hacia arriba y vio una tribu de chimpancés que se reían.

—¡Vaya, por fin encuentro a alguien con quien jugar! —exclamó en voz alta.

Juana había leído que los chimpancés eran los animales más inteligentes del mundo, después de los seres humanos, y también que podían alegrarse o entristecerse como las personas.

Para comprobarlo, sacó su equipo de música. Entre los discos que llevaba, escogió una melodía muy bonita de Mozart.

Al oír la música, los chimpancés bajaron de los árboles y se acercaron a Juana. Al principio no se atrevieron a tocarla, pero luego empezaron a cogerle la mano e incluso a darle palmaditas en la cara.

Estaba claro que a los chimpánces
la música les gustaba mucho, porque
no hacían más que aplaudir y reírse.
Juana se pasó toda la noche jugando
con ellos. Y cuando le entró hambre, comió
frutas de los árboles, como hacían sus
nuevos amigos.

Al amanecer, la luz rojiza que bañaba
la selva se volvió dorada. Entonces Juana
se acurrucó junto al tronco de un árbol
y se quedó dormida.

Cuando se despertó, la selva había
desaparecido, y en su lugar había un gran
salón con el suelo de madera y pinturas
en el techo.

La luz del atardecer entraba por
las ventanas. Juana vio una escalera muy
empinada que subía al segundo piso.

El único guerrero que no había huido
estaba junto a la escalera, esperándola.

—¿Dónde están tus compañeros?
— le preguntó Juana.

—Se han ido y no creo que vuelvan
—dijo el guerrero despectivamente—. Pero
yo no soy como ellos. He resistido hasta
aquí y pienso llegar hasta el final. ¡A mí
no me va a vencer una niña!

Juana y el guerrero subieron la escalera.
Al llegar arriba, todo estaba muy oscuro,
pero poco a poco un resplandor azul fue
iluminando el espacio.

Entonces, Juana se dio cuenta de que
estaban en una llanura con altas hierbas
y árboles espinosos. Era una sabana.

De repente, a lo lejos, vio aparecer unas
extrañas criaturas. Tenían el cuerpo cubierto
de manchas y un cuello larguísimo.

—¡Jirafas! —exclamó, maravillada—.
Son tal y como las describen en los libros.
¡Qué bonitas!

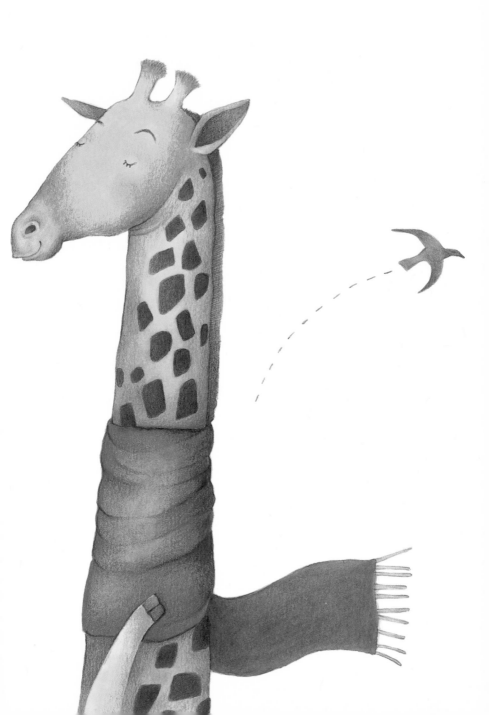

Juana se quedó observando un rato a las jirafas, que se habían detenido a comer las hojas de un árbol. El guerrero también las observaba. Estaba pálido de miedo, y había sacado un arco y unas flechas.

—¿Qué vas a hacer? —le gritó Juana—. Las jirafas son animales herbívoros. Solo se alimentan de plantas, y no atacan a las personas. ¿Por qué quieres hacerles daño?

El guerrero la miró con desconfianza; nunca había oído hablar de las jirafas y no sabía si Juana decía la verdad.

En ese momento, las jirafas se marcharon. Gracias a Juana, ninguna de ellas había resultado herida.

Poco después, aparecieron en la llanura unos animales parecidos a los caballos, pero con rayas blancas y negras en la piel.

«¡Cebras! —pensó Juana—. ¡También existen!».

De repente, las cebras echaron a correr: ¡detrás de ellas iban unos leones que estaban intentando cazarlas!

Juana sintió mucha pena por las cebras, pero comprendió que no podía hacer nada por ellas: los leones eran carnívoros; necesitaban cazar otros animales para sobrevivir. Y justo en ese momento, oyó a sus espaldas un sonido como de trompetas, se giró y vio una manada de elefantes que se acercaba. Eran tan enormes como camiones, y tenían grandes colmillos amarillentos.

El guerrero, nada más verlos, volvió a preparar sus flechas y su arco.

—Quítate de en medio, si no quieres que te dé —le gritó a Juana—. No voy a permitir que esos monstruos se me acerquen.

Juana se apartó, sorprendida.

—¿Por qué quieres dispararles? No te han hecho ningún daño. Además, con esas flechas no conseguirás nada. Los elefantes tienen una piel muy gruesa. Tus flechas no la atravesarán.

Pero el guerrero no le hizo caso. Disparó su arco y la flecha voló hacia uno de los elefantes, clavándosele en la pata.

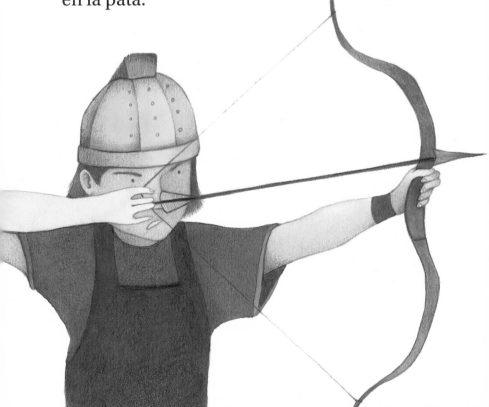

El resto de los elefantes levantaron
la cabeza, miraron a Juana y al guerrero,
y empezaron a correr hacia ellos.

—Esta vez ya sé lo que tengo que hacer
—dijo el guerrero—. Trae para acá...

Y, diciendo esto, le quitó a Juana la
nevera de la carne, sacó un pollo asado
y se lo arrojó a un elefante que estaba
peligrosamente cerca de ellos.

El elefante miró el pollo con asco, y luego miró al guerrero como si este, en lugar de tirarle un pollo, le hubiese tirado un piedra. Entonces se abalanzó sobre él.

—Qué tonto —murmuró Juana apenada—. ¡Mira que pensar que iba a distraer al elefante con un pollo asado! ¡Si los elefantes son herbívoros y no comen carne!

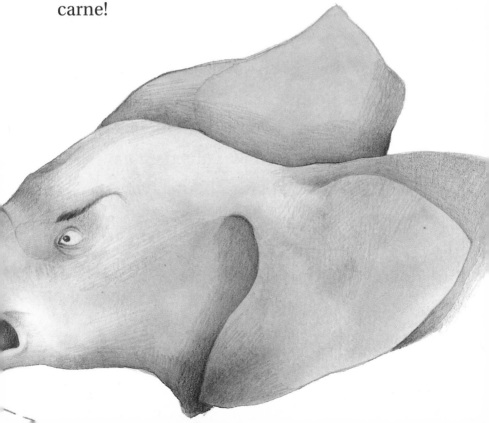

El elefante alzó la trompa y golpeó con ella al guerrero. Este salió volando y fue a parar a unas matas espinosas.

Juana se apresuró a ayudarle, pero el guerrero no necesitaba ninguna ayuda. Se puso en pie él solo, se arrancó las espinas que se le habían clavado en el trasero y, sin mirarla, salió corriendo.

—¡Otro que se va! —suspiró Juana—. Esto está dejando de ser divertido.

Durante toda la noche, Juana siguió paseando por la llanura, contemplando las manadas de animales que pasaban. Vio gacelas y antílopes, y también algunas hienas.

Al amanecer, la luz azul se volvió dorada. Juana se acostó sobre una roca y se quedó dormida.

Cuando se despertó, la sabana había desaparecido. En su lugar vio un salón enorme decorado con muebles de terciopelo rojo.

Por las ventanas se veía la luna.

—¡Bueno, ha llegado el momento de bajar al jardín! Tengo que pasar allí la cuarta noche.

Juana descendió las escaleras y salió por una puerta de cristal al jardín del castillo. En el jardín soplaba un vientecillo que agitaba las copas de los árboles.

Un animal pasó volando junto a la
cabeza de Juana, y lanzó un agudo chillido.

«Eso no era un pájaro, ¡es un murciélago!
—se dijo Juana excitada—. Debe de estar
cazando insectos. Los murciélagos siempre
salen a cazar de noche».

El animal se metió en una gruta. Juana
lo siguió. Dentro, había más murciélagos
colgados del techo cabeza abajo, y
envueltos en sus alas. Juana se quedó
un rato observándolos. Vistos de cerca,
parecían ratones con alas membranosas.

Juana sabía que, a pesar de su aspecto, eran mamíferos y daban de mamar a sus crías.

Siguió caminando por el jardín, que ahora parecía más bien un bosque. De repente, sintió mucho frío, y vio algunas manchas de nieve entre los árboles. Había llegado al borde de un lago.

Era un lago tan grande como el mar, y en sus aguas flotaban bloques de hielo. En la orilla, había unos animales muy raros con el cuerpo completamente liso, grandes bigotes y patas palmeadas como las de los patos, muy adecuadas para nadar.

—¡Son focas! —exclamó Juana—. Mamíferos que viven casi todo el tiempo en el agua, y comen pescado...

Entonces, se acordó de la segunda nevera que llevaba, la abrió, y repartió un montón de peces entre las focas, que la miraban agradecidas.

Un poco más allá, había una barca junto a la orilla. Juana se subió en la embarcación, soltó las amarras y dejó que la corriente la arrastrase hacia el interior del lago.

La barca flotó largo rato entre bloques de hielo. De pronto, Juana sintió una brisa cálida sobre su cara, y, entonces, se fijó en que las aguas del lago se habían vuelto de color verde, y ya no había hielo.

Miró hacia atrás, y vio que unas curiosas criaturas la seguían. Tenían una forma parecida a la de los peces... Pero, en cuanto se aproximaron, comprobó que no eran peces, sino delfines, unos mamíferos marinos muy inteligentes.

Juana les lanzó el pescado que aún le quedaba, y ellos empezaron a saltar alrededor de la barca como si estuvieran bailando.

En ese momento, apareció en el agua
un animal gigantesco. Era tan largo como
ocho elefantes en fila, y lanzaba chorros
de espuma por un agujero que tenía
en el lomo. Sobre su piel lisa y azulada
se veían algunas costras blancas.

Juana abrió la boca de asombro.

—¡Una ballena azul! —gritó.

La gente se imaginaba a las ballenas
como unos seres terribles que se tragaban
barcos enteros y se comían a las personas.
Pero Juana sabía que eso no era así. Los
libros antiguos explicaban que, en realidad,

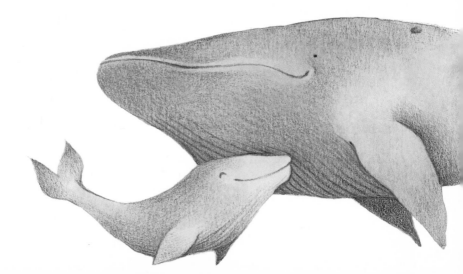

las ballenas eran bastante pacíficas,
y que se alimentaban de unas criaturas
microscópicas que vivían en el agua.
Detrás de la ballena apareció otra
mucho más pequeñita. Debía de ser
la hija de la ballena grande.

«Claro, las ballenas son mamíferos
—se dijo Juana—, y se ocupan durante
muchos años de cuidar a sus hijos y de
enseñarles cosas».

Mientras tanto, las ballenas se habían
hundido en el agua, y Juana se entristeció
creyendo que no las vería más.

«¡Qué boba! —pensó de pronto,
recordando un detalle más que había leído
en un libro—. Las ballenas y los delfines
tienen que salir cada poco a la superficie
a respirar. No son como los peces, que
tienen branquias y pueden respirar
dentro del agua. Tienen pulmones,

como nosotros, y solo pueden respirar en el aire».

Y luego, exclamó en voz alta:

—Bueno, ya volverán a salir. Ahora, tengo que pensar en algo para encontrar ese pececito de oro. Pero ¿cómo voy a hacerlo? No tengo redes, ni caña de pescar... ¡Y este lago es grandísimo!

Entonces, como si hubiesen entendido su problema, los delfines, que habían seguido bailando a su alrededor, se hundieron en el agua. Cuando reaparecieron al cabo de unos instantes, uno de ellos traía en la boca un brillante pez dorado, y lo arrojó a la barca de Juana.

En cuanto el pez rozó las tablas de
la barca, empezó a crecer. Sus escamas
doradas se convirtieron en lentejuelas
de un vestido de seda, sus aletas se
transformaron en piernas y brazos,
y su rostro se volvió bellísimo. Cuando
la transformación terminó, ya no era
un pez, sino un hada.

El hada miró a Juana con asombro.

—Vaya, por fin alguien realmente valiente —dijo—. ¡Nunca pensé que sería una niña pequeña la que, al final, rompería mi maleficio!

Juana sonrió.

—No ha sido demasiado difícil —dijo—. Me gustan los animales.

El hada sonrió también.

—Sí, ya me he dado cuenta —dijo—. Tú eres la única de los que han entrado en el Castillo Negro que ha tratado a los animales como a amigos, y no como a monstruos peligrosos. Se nota que sabes muchas cosas sobre ellos... ¿Dónde las has aprendido?

—En los libros antiguos. Todo el mundo decía que eran fantasías, pero yo sabía que esos animales existían de verdad. Y me alegro mucho de haber podido verlos con mis propios ojos.

El hada agitó sus cabellos dorados, aún mojados por las aguas del lago.

—Por eso no te preocupes. A partir de ahora, todo el mundo volverá a ver a los mamíferos viviendo en los lugares que les corresponden: los bosques, las praderas, el mar, las granjas... El maleficio se ha roto para siempre, gracias a ti.

—¿Por qué hechizaste el castillo? —preguntó Juana.

El hada se puso seria.

—Quería castigar al reino de Nadir por lo mal que había tratado a los mamíferos. Decidí proteger a los pocos que habían escapado de los cazadores ocultándolos aquí. Y aquí han estado todo este tiempo, esperando a que apareciera alguien que los comprendiese y los protegiese, para devolverlos a su ambiente natural. Ese alguien eres tú.

—Pero ¿cómo voy a protegerlos yo? —preguntó Juana preocupada—. ¡Solo soy una niña!

—Cuando seas reina, tendrás que dictar leyes que protejan a los animales y que impidan la caza indiscriminada. ¿Lo harás?

—Claro que lo haré —dijo Juana.

Mientras hablaban, el mar del castillo se había convertido en un pequeño estanque. El bosque que lo rodeaba ya no era un bosque, sino un bonito jardín lleno de violetas y rosas. El castillo había dejado de ser negro, y ahora era tan blanco como la luz de la luna.

Y todos los animales regresaron a sus antiguos hogares: los murciélagos, a sus cuevas; los delfines y las ballenas, al mar; los elefantes y los leones, a la sabana; y las panteras y los monos, a la selva.

Al amanecer, llegó el rey acompañado del príncipe Jorge y de todos los nobles de la Corte. Al ver el castillo blanco y resplandeciente, el rey abrazó a su hijo y empezó a llorar de alegría. Muchos de los nobles también lloraban.

Después de secarse las lágrimas con un pañuelo de cuadritos rojos, el rey entró en el castillo seguido del príncipe y de los cortesanos.

Encontraron a Juana en el salón del trono, en un rincón, durmiendo con una alegre sonrisa. El hada se había ido, pero le había dejado, de regalo, un precioso vestido dorado adornado de estrellas.

Cuando el príncipe Jorge vio la sonrisa de Juana, se enamoró de ella al instante.

Pero, como los dos eran muy jóvenes, el rey les dijo que tendrían que esperar unos cuantos años para casarse.

—Me parece bien —dijo Juana—.
Pero, hasta ese día, Majestad, tienes que
prometerme que cuidarás de todos los
animales de tu reino y que no permitirás
que los cazadores acaben con ellos. Si no
lo haces, la maldición volverá, y esta vez
aún será peor... ¿Me lo prometes?

El rey se lo prometió. En realidad, a él no le gustaba nada la caza, y estaba muy contento de que los mamíferos hubiesen vuelto a su reino.

El final de la maldición del Castillo Negro, ahora blanco, se celebró en todo el país con verbenas y fuegos artificiales. La gente, al enterarse de que los mamíferos no eran seres imaginarios, sino animales de verdad, se sorprendió bastante, pero pronto se acostumbraron a la idea y olvidaron sus antiguos temores.

Enseguida se puso de moda tener perros y gatos en las casas y beber leche de vaca para desayunar. A nadie le daban miedo ya los mamíferos, y a todos les preocupaba que se sintieran cómodos y felices en el reino para que la maldición no regresara nunca más.

Así acaba esta historia.

Ah, ¿y sabéis qué? A partir de entonces, en el reino de Nadir, los padres ya no asustaron a los niños hablándoles de las vacas, los delfines o los elefantes. En lugar de eso, les enseñaron un refrán que dice así:

Si el elefante existe
y el delfín también,
¡todo en este mundo
puede suceder!

Ana Alonso

Juana Sin Miedo

ANAYA

PIZCA DE SAL

Contenidos

Alimentación
de los mamíferos

Animales domésticos
y salvajes

Actividades

Refuerzo: 1 y 2

Interdisciplinar
con Plástica: 2

Para aplicar lo aprendido

1 De los siguientes animales mamíferos, rodea con un círculo rojo los que son domésticos, y con un círculo verde los que son salvajes.

2 **a)** Escribe dos nombres de cada tipo de mamífero:

Herbívoros _____ , _____

Carnívoros _____ , _____

Omnívoros _____ , _____

b) Dibuja en el recuadro un mamífero herbívoro.

Contenidos

Tipos de mamíferos

Características
de los mamíferos

Actividades

Refuerzo: 1 y 2

2 Para pensar y relacionar

1 a) En qué se parecen y en qué se diferencian un **tiburón** y una **ballena?**

Se parecen

. Se diferencian

b) ¿Y un pájaro y un murciélago?

Se parecen

. Se diferencian

© Grupo Anaya

2 Escribe verdadero (**V**) o falso (**F**), según corresponda.

☐ Los mamíferos son animales vivíparos, es decir, que comen carne.

☐ Los mamíferos tienen el cuerpo cubierto de pelo.

☐ Los mamíferos se diferencian de las aves en que pueden volar.

☐ Las ballenas dan de mamar a sus crías.

Contenido

Tipos de mamíferos

Actividades

Complementarias
e interdisciplinares
con Plástica: 1 y 2

Para realizar en
equipo: 2

3 Para estimular la creatividad

1 Fabrica un títere de palito.

- Dibuja un chimpancé en una cartulina (puedes copiar este que aparece en la página 38 del libro).

- Recorta el dibujo y pégalo en un palito plano, como los de los helados, para fabricar un títere.

- Luego, con tu compañero, representa una conversación entre su títere y el tuyo.

2 Formad grupos de cuatro para realizar un mural. Recortad fotografías de mamíferos y pegadlos sobre una cartulina anotando debajo sus nombres. Luego, dibujad un paisaje de fondo alrededor de los animales. Puedes dibujar aquí tu animal preferido.

Contenido
Tipos de mamíferos

Actividades

Ampliación: 1

Complementarias:
2 y 3

4 Para aprender a aprender

1 Lee y comenta después con tus compañeros el siguiente texto sobre el ornitorrinco.

El ornitorrinco es un mamífero muy raro. Tiene el cuerpo cubierto de pelo y da de mamar a sus crías, pero presenta un pico parecido al de un pato. Y además, es el único mamífero que pone huevos.

2 Busca en internet dónde viven estos curiosos animales.

Los ornitorrincos viven en

3 Busca en internet, o en una enciclopedia, una **fotografía de un ornitorrinco**, imprímela y pégala aquí. También puedes dibujarlo.

Nombre: _____

5

Para comprender lo leído

1 ¿Por qué no había mamíferos en el país de Juana?

2 ¿Qué maldición pesaba sobre el reino de Nadir?

3 ¿Para qué utilizó Juana los pollos asados que le dio el rey?

4 ¿Por qué atacaron los elefantes al tercer caballero?

Nombre: _____

6 Para expresarse por escrito

1 Escribe aquí los nombres de los animales mamíferos que aparecen en el libro.

2 ¿En qué se parecen todos los mamíferos entre sí?

PIZCA DE SAL.

Contenido
Tipos de mamíferos

Actividades
Refuerzo : 1 y 2
Ampliación e
interdisciplinar
con Lengua: 3

3 Imagina que eres el rey de Nadir. ¿Qué medidas tomarías para proteger a los mamíferos?

Para proteger a los animales mamíferos:

PIZCA DE SAL

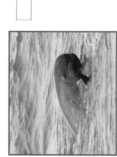

7 Para expresarse por escrito

1 Estos son algunos mamíferos en peligro de extinción. Elige entre las siguientes palabras: **glotón, inteligente, gigantesco** y **feroz** la que te parece que define mejor a cada uno de ellos y anótala en el recuadro.

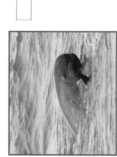

Contenidos

Mamíferos en peligro

Tipos de mamíferos

Actividades

Ampliación: 1

Complementaria: 2

Interdisciplinares
con Lengua: 1 y 2

© Grupo Anaya

2 Imagina que eres uno de los cuatro animales de la actividad anterior. **¿Qué te gustaría poder decirles a los seres humanos?** Escríbelo en el recuadro como si les enviaras una carta.

Nombre: _____

8 Para aprender a aprender

1 Visita un parque de tu localidad. Anota en la tabla cuántos tipos de animales has visto y sus nombres.

Tipos	Número	Nombres
Aves		
Mamíferos		
Insectos		
Otros		

Contenido

Características
de los mamíferos

Actividades

Extraescolares: 1 y 2

PIZCA DE SAL

© Grupo Anaya

2 Visita una tienda de animales. Anota en la tabla cuántos tipos de animales has visto y sus nombres.

Tipos	Número	Nombres
Aves		
Mamíferos		
Insectos		
Otros		

Nombre: _____

9 Para expresarse oralmente

1 ¿Tienes un mamífero como mascota? (Si no tienes mascota, invéntatela). Explica a tus compañeros **cómo es y qué cuidados necesita.**

2 Anota aquí las explicaciones de uno de tus compañeros.

Su mascota es

Cuidados que necesita:

Contenido

Animales domésticos y salvajes

Actividades

Para realizar en equipo: 1, 2 y 3

Interdisciplinar con Plástica: 3

3 Dibuja aquí tu mascota ideal (que sea un mamífero), ponle un nombre y explica a tus compañeros cómo te gustaría que fuera.

Mi mascota es [   ] y se llama [   ]

Nombre: _____

Contenido
Mamíferos en peligro

Actividades
Ampliación: 1 y 2

10 Para pensar y relacionar

1 **Antiguamente, los pescadores mataban muchas ballenas para aprovechar su carne y su grasa. Hoy en día, su caza está prohibida en casi todos los países. ¿Por qué crees que esto es así? Rodea con un círculo la respuesta que consideres correcta.**

a) Porque a la gente le caen bien las ballenas.

b) Porque se ha descubierto que la carne de ballena es mala para la salud.

c) Porque quedan pocas y, si se siguen cazando, podrían llegar a desaparecer.

d) Porque ayudan a eliminar la contaminación del mar.

2 El lince ibérico es uno de los mamíferos más amenazados de nuestro país. Abajo, figuran algunas de las causas. Para cada una de estas causas, piensa tú en una posible solución, y anótala al lado.

Causas	Soluciones
La caza	
Los atropellos	
La escasez de alimento (como los conejos salvajes)	
Los incendios forestales	

Nombre: _____